EVA STRITTMATTER DER SCHÖNE (OBSESSION)

EVA STRITTMATTER

DER SCHÖNE (OBSESSION)
Gedichte

Für **B.** 1996

AUFBAU-VERLAG

Es gibt noch nichts, was mit soviel Verführung und Verfluchung behaftet ist wie ein Geheimnis.

Søren Kierkegaard

I

Die Vögel sind stille geworden.
Die Nachtigall ist zu singen verstummt.
Die dunkelnde Mainacht im Norden
Ist milde. Doch in meinen Adern summt
Wildes ein Liebesgeflüster,
Das keiner mir raunte, das ich mir erfand.
Im dämmernden Nachtigalldüster
Berührt mich eine Hand …

Mein leerer Leib mein bloßer Leib
Mein nackter Leib, weh ohne Liebe!
Himmel und Erde. Hölle treib
Mich aus. Die Nachtigall ruft Liebe Liebe …
Sie singt des Tags mich jubelnd an.
Zur Nacht läßt sie mich Ruh nicht schlafen.
Was hab ich arme Frau getan,
Wessen will mich das Leben strafen?
Des Geisteshochmuts vor dem Leib,
Den ich vermeinte zu verneinen
Und nun ihm unterworfen treib
Und herrscht mich an: rufe den einen,
Den es doch gibt und ist gefunden …
Närrin im Geist, in Trauer bleib,
Doch mir gib IHN. ICH will gesunden …

Unglaubliches: ich liebe wieder …
An einem harmlos trüben Tag,
Als glatt mein Leben vor mir lag,
Am dreizehnten April erschien
Ein Jemand, redete mich an …
»Sagen Sie nur, DER SCHÖNE MANN
VON J., wenn Sie mich sprechen wolln …« so ich.
Ich hatte seinen Mantelärmel angerührt.
Ein Hitzeblitz durchflirrte mich.
Ich wankte, rang nach Atem, war verführt
Von seinem Blick, von seiner Stimme …
Wozu soll das nun gut sein? Anders schlimme
Verzweiflung werde ich erleiden …
Verfluchtes Städtchen Jüterbog!
Gesegnet sei für diesen Heiden,
Den ich in einer Kirche traf …
Und AMEN sage ich von Herzen …
Nun lieg ich nachtlang ohne Schlaf …
Ich bin zu alt, um nur zu scherzen.

Vollkommen wölbt sich die Welt über mir.
Ohne Maß. Ohne Makel. Ein einziger Mai!
Duftet und blüht.
Seit Tagen wohnt mir die Nachtigall bei,
Die es nie gab in unsren Gefilden ...
Will sie mir wohl den Wahn einbilden,
Daß Liebe wieder möglich ist
Und mich erlöst in läßlicher Frist?
Warum sonst sollte sie singen und singen,
Fiber um Fiber fiebernd durchdringen?
Wieso sonst singt sie mitten der Nacht
Vor meinem Fenster, bis ich erwacht,
Glühend und stumm nur noch sehnen kann,
Im vollkommenen Mai, daß der Morgen hebt an,
Eines Tages Morgen, an dem mir gibt
Ein Wortalmosen, der mich nicht liebt ...

Fürchten Sie nichts, mein lieber B.,
Ich will von Ihnen nichts. Nur sehen
Will ich Sie sehr gelegentlich.
Was ist daran mißzuverstehen?
Sie sind mein Wohlgefallen. Ich
Habe Sie in meinem Auge aufbewahrt,
Seit ich Sie erstmals sah. Ein Blick-Entzücken
Blendete mich. Obwohl bejahrt
Und Liebe spielend nur noch in den Stücken
Meiner Erinnrung, bin ich nicht gefeit
Gegen die Schönheit. Und Sie waren,
Fast auf den Tag nach zwanzig Jahren,
Der erste Mann, der mir GEFIEL …
Fürchten Sie nichts. Es ist nur Spiel.
Übles wird Ihnen nicht geschehen.
Was schadet IHNEN mein Gefühl?
Ich will Sie ja nur manchmal sehen …

Ich bin verloren für die Welt.
Ich schreibe keinen Brief. Ich rufe niemand an.
Ich fall in mich hinein, tauche nur dann und wann
Aus jenem Brunnen auf, aus dem ich tags die Sterne seh.
Des Nachts in Träumen geh
Ich mit dem einen Hand in Hand
Zurück in jenes Jugendland,
Aus dem ich kam.
Der mir den Atem nahm
Und mich die Welt verlieren ließ,
Wie wars doch gleich noch, daß er hieß,
Woher wars, daß er kam?
Ich bin verloren für die Zeit.
Ich fall in mich hinein.
Nichts ist mir die Vergangenheit,
Und Zukunft wird nicht sein.

Der Entfesslungsversuch ist fehlgeschlagen.
Heut wollte ich mich aus dem Alptraum befrein
Und Ihnen Worte des Abschieds sagen.
Sie sollten nicht mehr der SCHÖNE sein
Für mich. Ich wollte Sie sehen,
So wie ein Forscher sieht. Grausam genau
Wollt ich den Linien Ihres Gesichtes nachgehen:
Zu viele Liebe ... Das Gletscherblau
Ihrer Augen. Der sinnliche Mund ...
Wo nur, zur Hölle, gibts einen Grund
Für MICH, Sie zu lieben? Nacht und Nachtmahr!
Und wieder hab ich mich eingesponnen
Ins Netz Ihrer Worte. Fing an mich zu sonnen
In Ihrer Stimme. (Ganz Haut und Haar.)
Sie halten mich hoffnungslos in der Schwebe:
Sie lieben und begehren mich nicht,
Doch daß ICH Sie liebe, beweist, daß ich LEBE.
Das sagen Sie MIR so leicht ins Gesicht,
Als handelte es sich um ein fremdes Leben,
Nicht um meins, das nicht meins ist, seit ich Sie traf ...
Entfesslung gescheitert. Schicksalsergeben.
Weiter der Alptraum. Weiter kein Schlaf.

Die Malaria Liebe wütet in mir.
Latent warn Erreger in mir seit langem.
Ich fürchtete ihren Ausbruch mit bangem
Hoffen voraus: das tropische Tier
Würde nur schleichen, nicht irrwitzig springen
In meiner Kehle und mich nicht zwingen,
Worte zu stammeln und Gunst zu erflehen.
Nun aber jagen mich gilbende Fieber,
Wahn säuselt in mir: Lieber mein Lieber …
Eisesschaudern: Um mich ists geschehen.

Die fünfte Woche hat begonnen,
Seit ich Sie kenn. Die ersten zwei
Waren ein Rausch. So hochgesonnen
War ich, so vogelfrei,
So schwerlos schwingend im Gefühl:
Ich widerruf mein ganzes Leben
Und leb mit Ihnen ... Aber kühl
Haben Sie mich zurückgegeben
An mich und mich verständig
Über mich aufgeklärt:
Ich sei in allem ohne Maß unbändig
Und überdies: mein Liebesanspruch sei verjährt,
Ich sei zu alt, um zu gewinnen.
Was an mir wert ist, ist Gedicht ...
Zwei Wochen Rausch und dann Verzicht.
Wie konnte es so schön beginnen ...

Zu Ihrem Ruhme wäre WAS zu sagen?
Was Ihre Schrift ... Ihr Glaube an
Die allgemeinen Seelenfragen,
An TRAUERARBEIT. (Darf ein Mann
Weinen, wenn er verlassen wird?) Auch mich
Versorgen Sie mit Seelenrat: Ich
Dürfe froh sein, daß ich lieben KANN.
Irgendwann kommt wer, nimmt mich an.
Ich sei so was wie neugeboren ...
Mein Gegen-Satz: ich bin verloren.
Mich interessiert kein andrer Mann,
Und ich will keinen bessern suchen.
Ich will nur Sie und Ihnen fluchen:
Rhetorisch klärn Sie meine Not ...
Ich wollte, Sie wärn oder ich wär tot ...

Ich will nicht, daß Sie tot sind, nur vergessen
Will ich Sie schnell. Ich mühe mich,
Minutenmeilen zu durchmessen,
Ohne an Sie zu denken, aber ich
Schaffe es nicht. Eingebrannt
Sind Sie in mich. Noch unbekannt
Waren Sie mir, als das geschah.
Es war sofort, als ich Sie sah.
Sie sind dran schuldlos. Nur in mir
Fiel ein Relais und speicherte Sie ein:
Dieser hier soll der deine sein…
Es war die Liebe, dieses blinde Tier,
Das eine rote Taste drückte
Und mich mit einem Strom entzückte,
Der falsch gerichtet war. Nun leide
Ich an den Folgen schon seit Wochen…
Vorsatz Vergessen wiederum gebrochen.
Ich wünschte nur: wir litten beide.

Ihre schönen Hände. Ich sehne mich
Nach Ihren Händen. Wie liebe ich
Ihre schönen Hände. Angstzögerlich
Bat ich Sie: geben Sie mir Ihre Hand …
Sie gaben sie mir und haben die meine
Mit Ihren beiden Händen umschlossen.
Es hätte nicht viel gefehlt und ich weine …
Jene Wärme hat mich strömend durchflossen,
Die ich seit Jahren bei niemand mehr fand.
Es war der reinste menschliche Akt.
In meinen Adern war ich wie nackt.
Ich hatte mich anheimgegeben:
Mit meiner Hand mein übriges Leben …
Ihre schönen Hände. Wie liebe ich
Ihre schönen Hände. Segnen Sie mich.

Das ist zu viel verlangt: mich Alte lieben.
Ich habe Spiegel und kann sehn:
Von jener Mädchenfrau ist nichts geblieben.
Mag sie auch noch durch Bilder gehn
Und durch Legenden … War ich schön
Und als ich jung war, KÖNIGIN.
Lächelnd hörte ich lallen das Gestöhn
Der Werber, die ich nicht erhören wollte.
Jeden Tribut, den man mir zollte,
Nahm ich als angemessen hin.
Und nun? Ich seufze, lalle und erflehe,
Leugnend, wer ich in Wahrheit bin,
Als wärn Sie blind, von Ihnen Liebe.

Jetzt: Sie der König, ich die Bettlerin.

Trotz Valium kein Schlaf
Die lange Nacht.
Um drei Uhr ist die Amsel erwacht,
Überwölbt mit Tönen die große Stadt
Im Norden, in die's mich verschlagen hat …
Ich stellte mich dar, ich streute mich aus,
Las, wie man sah, vor drangvollem Haus
Die alten Gedichte, die alten Briefe,
Als wenn die Gegenwart in mir schliefe.
Dabei murmeln in mir die geheimen Gedichte,
Die ich seit Wochen an Sie allein richte,
An den Geliebten, den ich mir erfand.
Ich schüre weiter den schwelenden Brand.
Dabei weiß ich längst, daß Sie es nicht SIND.
Ich beharre auf Ihnen, starrsinnig ein Kind.
Weil es so schön ist zu lieben zu lieben,
Hab ich Sie einfach umgeschrieben
Aus dem, der Sie sind, in den, den ich will …
Die Amsel verstummt. Der Morgen kommt still
Und mit ihm endlich ein dämmernder Schlaf …
Und wieder die Seligkeit: daß ich Sie traf …

Sie liebt Sie, sie liebt Sie, sagen Sie sich:
Sie liebt mich, und ich bin es wert ...
Hat mich auch, die ICH liebe, verlassen
Und kann ich den Abschied noch immer nicht fassen,
Diese hier liebt mich. Zwar unbegehrt
Und nicht zum Wiederlieben verführt,
Nehme ich ihre Liebe an ...
Wird sein, wie wenn einen Sonne berührt,
Und wird so gut sein, wies gut sein kann,
Wenn einer nur liebt und der andre liebt nicht ...
Es ist doch Leben und ist doch Licht.
Sie liebt, sie liebt Sie. Sonnen Sie sich.
Das sich verzehrt, das Licht bin ich.

Dieser Mai will der Mai meines Lebens sein.
(Der Kuckuck ruft mir ein langes Leben.)
Ich ließ mich auf eine Liebe ein,
Ich habe mich dem Schicksal ergeben
Einer Liebe, die nicht vollzogen wird.
Sie ist nur ein einziges Harren und Sehnen
Nach dem Ton einer Stimme, die sänftigt und kirrt
Und mich gleichzeitig umwühlt. Die Maitage dehnen
Endlos vom Morgen sich wölbend zur Nacht,
Bis endlich die Stimme der Nacht erwacht,
Nichtnatürliche Stimme: das Telefon schrillt,
Auf das ich dressiert bin wie Pawlows Hund,
Und eine Stimme fragt gleichmütig mild:
»Wie geht es Ihnen? Sind Sie gesund?«
Der Flieder umwuchert mein einsames Haus,
Die Nachtigall singt sich die Kehle aus,
Die Düfte flüstern in meinem Blut –
Kein Wort von Liebe – »Mir geht es gut ...«
So schüchtern und so demütig waren
Nie meine Worte in jüngeren Jahren ...
In diesem Mai hab ich Liebe gelernt.
Der Mai meines Lebens – unausgesternt.

Solang ich die GÜLDENE HALSSCHNUR trage,
Liebe ich Sie – das sollen Sie wissen.
Ich habe sie angelegt dieser Tage
In aller Verzweiflung. Den Zeckenbissen
Meines Gewissens ausgesetzt:
Hat er dir nicht die Seele verletzt?
Und du entblödest dich nicht, dich zu binden
An einen Mann, der dich nicht will?
Ich sage diesem Gewissen: Still,
Ich werde keinen anderen finden,
Der mich so sinnlich mit MILDE betört,
Und eher will ich an ihm erblinden,
Als daß mir dein Scharfblick die Liebe zerstört.
Was macht es, wenn er mir nicht gehört?
Ich will die dünndünne Halsschnur tragen,
Gekettet an ihn sein in allen den Tagen
All meiner Zeit, die noch vor mir liegt ...
Vernunft wird immer von Liebe besiegt.

Das einzige, was ich FÜRCHTE, ist:
Der ZAUBER könnte vergehn...
Eines Tages erwach ich entzaubert und
Werde Sie nicht mehr SEHN.
Oder anders vielmehr: Ich sehe in Ihnen
Einen Mann wie jeden Mann.
Ich weiß nicht, wie ich dann leben kann:
Ohne die Freude, mit der Sie mein Leben beschienen
In diesem vollkommenen Mai.
(Der Nachtigallmond zog verzaubert vorbei.)
Und Sie – meine Freude. Meine Freude sind SIE.
Ich habe es Ihnen gesagt.
Sie wollen nicht glauben. Sie zweifeln: Wie,
Haben Sie mich gefragt,
Kann ICH denn Ihre Freude sein? Ich mache Ihnen
                                            nur Leid...
Ich antworte: Weil Sie ehrenhaft sind und taten mir
                                            den Bescheid,
Mich nicht zu lieben. Sie schonten mich nicht.
Es wäre so leicht gewesen.
Sprachen Sie nicht, hätte ich Ihrem Gesicht
Die Täuschung abgelesen,
Nach der mich verlangte so sehr, wie sehr!
Nun aber ist es Vertrauen.
Der Zauber blieb. Die Liebe wird mehr.
Ich kann auf Ihr Ehrgefühl bauen.
Sie geben mein Geheimnis nicht preis!

Sie wissen von meinem Leben
Mehr als ein andrer je wußte und weiß ...
Ihre Hände in meinen. Die MEINEN sind heiß:
ZAUBER und HINGEGEBEN.

Meine Gedanken umlagern Sie
Wie alle Tage Tag und Nacht ...
Sie haben sich davongemacht
Für ein langes Wochenende. Ohne den Ton
Des Telefons muß ich es überstehn ...
Ich werde gleich selber auf Reisen gehn
Und Menschen, Menschen und Menschen begegnen,
Wohlwollen mag auf mich niederregnen,
Vertrauen und Liebe sich auf mich richten
Für das vergangene Trachten und Dichten
Aus jener Zeit vor IHRER Zeit ...
Mir aber sind die zwei Nächte zu weit,
Der Zeitstrom ist wie der Irtysch breit,
Mich beherrscht nur eines: hinübergelangen,
Um endlich Ihr erstes Wort zu empfangen ...
Natürlich ist das Selbst-Suggestion.
Doch meine Seele WILL diesen Ton,
Rechtfertigt sich nicht, braucht keinen Sinn,
Als daß ich lebe durch Sie und bin.
Sie aber, Lieber, labsalen sich
An See und Sonne. Denken an mich?
Nicht nötig. Ich kreise Sie ein.
Vielleicht scheint Ihnen der nächtliche Wein
Mit einmal elfisch: er redet Sie an ...
Das habe ich dann mit Ihnen getan.

In Demut ... Nein, stolz kann ich darauf nicht sein,
Daß ich mich in Sie VERSAH ...
Auf einmal war alles Elend da.
»Ach, machen Sie sich doch nicht so klein«,
Sagen Sie, wenn ich Ihr Telefon rühre,
Um noch einmal noch einmal die Stimme zu hören,
Die den Zauber hatte, mich zu betören,
Nicht, daß sie mich wieder verführe,
Nur um zu sagen: Alles wird wahr,
Was ich schrieb. Wird ein elendes Jahr
Für mich nach diesem glorreichen Mai ...
Sie brachen das Bündnis. Aus und vorbei.
Mit einem Schlag fing die Trauer an.
Ich weiß nicht, wie ich leben kann
Nach der Freude, mit der Sie mein Leben beschienen ...
Ich kann nicht sagen: Gott sei mit Ihnen.
Er muß mit MIR sein. Sonst töte ich mich.
Närrin. Todtraurig und lächerlich.

Der Gegenstand der Liebe wechselt.
Die Liebe bleibt sich gleich:
Elmsfeuer überm Unkenteich.
Am Ende arm, am Anfang reich:
Das Gold zu Stroh und Staub verhäckselt.
Und doch bleibt sie das einzge Ziel.
Nicht auf den Tod zielen wir hin,
Nur auf die Liebe. Nur das Spiel
Der Sinne ist der Sinn
Unseres Lebens. Alle Leiden
Und alle die verfluchte Qual
Sind nichts gegen die kurzen Freuden.
Und noch einmal und noch einmal …

Ohne die Linie von mir zu dir,
Ohne die Saite, die sich spannt,
Ist sinnlos das Weltall, wüst ist das Land,
Ohne die Liebe von dir zu mir.

Helfen Sie mir! Mit einem Wort
Habe ich das Gefühl erschlagen,
Das Sie mir liehen oder schenkten.
Um zwei, drei Sätze, die mich kränkten,
Vor beiläufig wohl sieben Tagen,
(Mein Stolz wollte sie nicht ertragen),
Verwandelte ich meinen Ort,
Der licht war, in ein Trauerhaus.
Ich schrieb Ihnen: nun ist es aus,
Als hätt ich Macht über mein Leben.
Dabei hab ich sie längst vergeben
An Sie und an die Liebe ohne Sinn.
Nur wenn Sie an mich denken, bin
Ich. Nur wenn Sie nach mir fragen,
Kann ich das Leben noch ertragen.
Helfen Sie mir. Melden Sie sich.
Ich hoffe: Nacht … Sie rufen mich.

Sie sind, ganz ohne daß Sie wollten,
In meine Liebe und in POESIE geraten.
Und ich erfand, was Sie nicht taten:
Daß Sie mein Leben lieben sollten.
Sie schüttelns ab … Doch in nichtfernen Tagen,
Weissage ICH, werden Sie sagen:
Dieser bin ich. Sie liebte mich.
Mit diesem Mann bin ich gemeint.
Der, den sie wollte, das war ich.
Um mich hat sie geweint.
Ich bin der Mann, den sie begehrte.
Maßlos. Sich bäumend im Verzicht.
Daß ich mich gegen diese Liebe wehrte –
Warum … Ich wußte es. Ich weiß es nicht …

Inzwischen ist Juni geworden.
Die Nachtigall ist für immer verstummt.
Die halbhelle Halbnacht im Norden
Ist kühl. In meinen Adern summt
Mehr kein Liebesgeflüster.
Täuschung und Rausch sind vorbei.
Ein Raunen im dämmernden Düster:
Vor diesem Juni war MAI.

II

Grauer Juni – und keine Liebe mehr.
Zigaretten. Und INNEN
Das unaufhaltsame Weinen,
Das drängt und drängt, nach außen zu brechen.
Ich kann mit keinem Menschen sprechen.
Denn eingeweiht habe ich keinen, nicht EINEN,
In das, was geschieht:
Daß einer sich mir mit einmal entzieht,
Dem ich vertraute AUF ALLE ZEIT.
Ich war zu jedem Verzicht bereit,
Doch hatte ich ihn IN MEIN LEBEN GENOMMEN.
Wortbrüchig ist er flüchtend entkommen
Mit allem WISSEN um mich. Ganz ohne Gewissen.
Mein Glaube an Güte ist schreiend zerrissen,
An Wohltun, Obhut, an milden Sinn.
Daß ich blind ohne Hoffnung bin,
Tastend am Hang der Selbstmordnacht,
Das hat mit MIR die Liebe gemacht.

Ich hasse die Stimmen in mir, die mich tören
Mit immer demselben säuselnden Sang:
Das Leben zu kurz, ist am Ende zu lang …
Alleinsein und keinem mehr angehören,
Das ist ein Schicksal und nicht zu ertragen.
Und alle denken: du willst nichts mehr.
Du lebst in Fülle: erinnerungsschwer.
Gesättigt von den einst glücklichen Tagen.
Und keiner würde wagen zu fragen:
Und was ist mit Liebe? Wo nimmst du sie her,
Wo tust du sie hin, wenn nur Luft ist um dich?
Macht die der Mainacht dir denn nicht bang?
Das Leben zu kurz, ist am Ende zu lang.
Es lieben mich alle. Doch keiner liebt MICH.

Ausgesetzt

Den CORDON SANITAIR überschritten.
Von lepröser Liebe befallen.
Ohne Zunge. Nur noch ein Lallen
Von dem, was ich um ihn gelitten.
Entfernt, verfemt, auf Mitleid verwiesen,
Ein Spott den Gerechten: warum liebte sie DIESEN
Und steckte sich an mit der fressenden Sucht?
Ich bin ohne Schuld. Es geschah auf der Flucht.
Doch nun ist es geschehn, und ich muß damit leben …
Dem, der mirs antat, hab ich vergeben.

Der Hund heult zwei Stunden nach Mitternacht.
Hochschreckend bin ich aufgewacht
Aus dem ersten Schlaf. Grad erst gefangen
Nach stundenlangem Schlafverlangen.
Und wieder die Wachheit in allen Sinnen.
Und wieder: die Gedanken beginnen
Zu kreisen um mein verlorenes Leben ...
Möcht fallen in Schlaf. Und muß mich erheben
Gegen den Dämon der Finsternis:
Das einzige, was dir gewiß
Ist, ist Tod. Was soll noch beginnen?
Das Rinnsal der Tage wird rinnen und rinnen,
Was kann noch geschehn, das dich lieben macht?
Es ist vier Stunden nach Mitternacht.
Das erste Junilicht scheint herein.
Schlaf. Und im Schlaf wirst DU mit mir sein.
Find ich nirgends Liebe, find ich Liebe in mir.
Ich schlafe ein. Ich schlafe mit DIR.

Ich suche IN MIR, um mich von mir abzulenken.
Ich will an ETWAS SCHÖNES denken.
Doch denkt sich nichts vom einstmals Schönen.
Nicht mal die Liebe zu den Söhnen
Hilft gegen Nichts. Ich kann mich nicht gewöhnen
An mich als Einzeltier. . In fünfzig Jahren
War ich die eine Hälfte von den Paaren,
Die recht und schlecht zusammenpaßten.
Ob wir uns liebten oder haßten,
Wahrhaftig waren oder logen,
Ich war stets auf DEN MANN bezogen.
Den einen liebte ich vor allen.
Und dieser ist in Tod gefallen.
Ich bin nichts und ich denke nichts,
Unwert des Tages und des Lichts,
Seit ich um ihn beraubt bin. Doch die Schande
Ist, daß ich über den im Sande
Hinweggeh und von neuem suche.
Beflucht mit dem ererbten Fluche
Der halben Unvollkommenheit,
Suche ich den, der mich VOLLENDE.
Und habe dabei keine Zeit.
Ich suche GLÜCK kurz vor dem Ende …
Nur dieses Suchen lenkt mich ab
Von den Gedanken an das Grab.

Der Fremde

Ich habe mich so preisgegeben,
So offen über mich gesprochen
Wie nie zuvor in meinem Leben.
Das Schweigen habe ich gebrochen
Um Dinge, die versiegelt waren
In mir. Geheimnisse aus langen Jahren
Habe ich einem anvertraut,
Der mir ganz fremd war. Nicht ein Laut,
Kein leises Wort war mir entkommen
Jemals zuvor. Mein Stolz ist mir genommen,
Dahin die UNANGREIFBARKEIT.
(Ich halt mich für den Schlag bereit,
Der mich nun immer treffen kann.)
Mein Gott, ich liebte diesen Mann,
Den Fremden. Ja, ich warb um ihn
Mit höchstem Einsatz: Offenheit.
Nein, nein, er war nicht, der er schien.
Doch eine grausam kurze Zeit
Dachte ich so und liebte ihn
Und habe mich ihm preisgegeben
Wie niemand sonst in meinem Leben ...
Doch Ehrverlust hat kein Gewicht.
Stolz ist an Liebe nicht zu messen.
WAS wiegt: Der FREMDE liebt mich nicht.
Ich aber kann ihn nicht vergessen.

Jetzt heißt es nur noch: Haltung zeigen.
Aber wo nehme ich sie her?
Ich habe keine Haltung. Seelenschwer
Ich bin betrübt. DAS HAUPT ZU NEIGEN
IN DEMUT und um Gnade flehen,
Fürbittend knien, so ist mein Drang ...
Doch aufrecht geh ich meinen Gang
Gewohnte Wege. Die mich sehen,
Lassen sich täuschen, und sie meinen:
Du bist so heiter letzter Zeit ...
Wenn Haltung heißt: nach innen weinen,
Dann lebe ich in HEITERKEIT.

Seelsorge am Gletscher

Mühsames Zeittotschlagen.
Widerwille zu lesen.
Alles schon dagewesen
In unsren und früheren Tagen.
SCHICKSALE interessieren mich nicht.
Mein Leben allein hat für mich noch Gewicht.
Dabei ist es mit Fasern und Fäden gebunden
An das Leben von Freunden, das der alternd gesunden
Und das der hoffnungslos MORIBUNDEN,
Denen ich Hoffnung zu geben versuche …
Was Leben IST, steht in keinem Buche
Außer dem von der Ammer im Islandwind,
Vor der die Stürme ohnmächtig sind.
Sturm vom Atlantik und schneiendes Eis.
Die Schneeammer stellt sich auf nacktem Gneis
Und freiem Felde den Stürmen entgegen
Und kann die Winde zur Teilung bewegen.
Wo die Schneeammer steht, kommt der Wind zur Stille.
(Wenn es diesen denn gibt, ist sie Gottes Wille.)
Ein erster Strahl Sonne und drei Gramm Leben
Erheben sich, um dem Licht zuzustreben …
Wir wissen über das Leben NICHTS.
Und keiner kann uns was Sicheres sagen.
Nicht mehr als die Ammer vom Wechsel des Lichts …
Doch WIE das Leben zum Tode ertragen

Gottseigedankt, der Tag ist vorüber.
Es geht gegen Mitternacht.
Ich rette die Hoffnung hinüber
In den Tag, der bald erwacht –
Um drei beginnt es zu tagen,
So früh wird es schon licht –
Die Hoffnung, Sie könnten fragen
Nach mir. Heut fragten Sie nicht.
Wie schon so viele Tage
Schlepp ich die Hoffnung hin
Auf die einfach menschliche Frage.
Ich weiß, daß ich einsam bin
Und einsam bleiben werde
Und einsam kann ich nicht sein
Über, unter der Erde
Liegt einer, der war mein
Und fragte Jahre, Jahre
In Liebe verlangend nach mir.
Doch wenn ich ihn auch bewahre
Als SEELE, meine SINNE, er ist nicht hier …
Wieder ein Tag vorüber.
Weit schon nach Mitternacht.
Ich hüte die Hoffnung hinüber,
Vorm Tod von der Hoffnung bewacht …

Schande

Immer mehr Menschen kommen ins Haus,
Die sagen, daß sie mich VEREHREN.
Doch davon kann ich nicht zehren.
Der, den ich liebe, hungert mich aus.
Gleichgültig, ob ich zugrunde gehe,
Hat er mir seine Gunst entzogen.
Er sagte einst, er sei mir gewogen,
Wenn ICH nicht auf Liebe bestehe.
Ich tats nicht. Und hat mich nun doch überlassen
Mit der Liebe, die keine ATZUNG sonst kennt,
Dem nackten Hunger. (Wie jene, die prassen
Und die nur eine Glaswand trennt
Vom nackten Hunger der Bettelarmen,
Gelassen deren Elend sehn …)
Ich will, ich will nicht und muß doch gestehn:
Er ist ohne Güte. Er hat kein Erbarmen
Mit mir, die sein Gnadenbrot aß.
Gewissenlos, weil er mich einfach vergaß,
Hat er mir meine Nahrung entzogen,
Das winzige Quantum Sättigungsglück:
Sein Blick, seine Stimme. Er nahm sich zurück
Ohne ein Wort. Ich fühl mich gewogen,
Verworfen, wert, in den Staub mich zu kehren …
Und Menschen umlagern mein ehrloses Haus,
Um mir zu sagen, daß sie mich verehren …
Der, den ich liebe, hungert mich aus.

Was würde ich darum geben,
Wenn einer mich lieben wollte?
Gäbe ich ihm mein Leben?
Wenn ich es geben sollte,

Dann nur zum allerhöchsten Preis:
Besinnungslose Leidenschaft,
Die von Vernunft nichts will und weiß,
Nur von der LEIBANZIEHUNGSKRAFT.

Den teuren, den gerechten Preis
Würde ich reulos geben
Für Nächte heiß von Liebesschweiß.
Dafür als Preis: mein Leben.

Nicht aber für die Illusion
Von Treue und Vertrauen,
Nicht für den hohen Geisteston.
Ich will auf keinen bauen

Als Stab und Stütze. Ich will lieben,
Der Lust des Leibseins hingegeben.
Für diese Liebe hätt mein Leben
Ich selbst dem SCHEITAN überschrieben.

Doch wird der Frevel nicht geschehn.
Wer sollte wohl um mich noch beben?
Und ich will nur den SCHÖNEN sehn.
Und so behalte ich mein Leben.

Der Sommer ist schon halb vorüber.
Jetzt dunkelt es schon früher ein.
Und auch die Tage sind nun trüber.
Als könnte es nicht anders sein,
Ists kalt geworden, regnet täglich,
Und herbstlich geht ein Widerwind,
Und ich bin so unsäglich kläglich,
Erbärmlich wie ein Nebenkind,
Das keinen hat, ihm Trost zu geben,
Nicht Vater, Mutter, keinen Gott,
Und will nur im Verborgnen leben,
Aus Scheu vor Mitleid, Scham vor Spott …
Mich zu verbergen, wart ich auf die Nacht.
Ich laß die Windwoge herein,
Die alle Stimmen schweigen macht
Und saugt auch meine Klage ein.

Sinnlos blüht die GLORIA DEI.
Sinnlos verblüht der besternte Jasmin.
Zum RUHME GOTTES er wie die Rose
Sinnlos blüht er. Er blüht nicht für IHN.
ER ist nicht gekommen, mit Augen zu sehen,
Wieviele Schönheit um jene jetzt ist,
Die er nicht vermißt. Doch wie zu verstehen,
Daß er nicht meinen Garten vermißt,
Den er doch liebte an den drei Tagen
Im einzigen Mai, als er mit mir hier saß.
Und kann ihn, nach allem, nicht einmal fragen,
Ob er auch diesen Garten vergaß …
Sinnlos blüht die GLORIA DEI.
Sinnlos verblüht der besternte Jasmin.
Zum RUHME GOTTES er wie die Rose
Sinnlos blüht er. Er blüht nicht für IHN.

Mein Geliebter, der mich niemals geliebt ...
Ich weiß nicht, obs den Geliebten noch gibt.
Er schweigt, er schreibt nicht, das Telefon schrillt
Nicht mehr zur Nacht. Er ist verschwunden
Aus meinem Leben, so wie er gekommen:
Aus dem Nichts ins Nichts.
Er hat mir fast den Mut genommen,
Das Leben, MEIN LEBEN, weiterzuleben.
DAS nimmt er mir nicht: es hat ihn gegeben,
Den Geliebten, den es für mich nicht mehr gibt.
Gott geb, daß die andre ihn jemals so liebt.

Ich richte mich zugrunde
Zielstrebig, ehrlos. Ohne Scham -
Und Pflichtgefühl vergeude ich den Tag, die Stunde
Mit einer Illusion von Liebe.
Statt, daß ich, was ich sollte, schriebe,
HÄNG ich in Poesie HERUM.
Als wüßt ich nicht: Liebe macht dumm.
Ich habe den Verstand verloren,
Verlor, ganz ohne Zweifel, den Verstand,
Als ich mich so in Liebe wand
Und glaubte, ich sei NEUGEBOREN,
Um noch einmal geliebt zu werden ...
Die Altersangst der Herzbeschwerden
Ging mir ganz unbemerkt verloren
Und fand sich auch bis heut nicht wieder.
Dabei war es die schlimmste Nieder -
DIE Niederlage meines Lebens. Konsequenz?
Gar keine. Weiter: Illusion.
Den Tag vergeudend und die Stunde,
Warte ich auf den EINEN Ton
Der Stimme, die nicht zu mir spricht.
Ich stecke fest im Halsgericht
Der Liebeshaft. Ich richte mich zugrunde.

Alles wird gut und geht zu Ende.
Es war nur eine Lebenswende.
Auflehnung ging in Bitternis.
Jetzt weiß ich wieder, was gewiß
Ist: die Vergangenheit
Und weiß: ich hatte meine Zeit
Und Liebe liegt schon hinter mir.
Ich kehre heim zum Tod. Zu DIR.

Kein Ende.
Nur tiefer wird die Zärtlichkeit,
Die ich für Sie empfinde …
Ich hör Musik zur Schlafenszeit,
Sehr alt, sehr irisch, sehr gelinde …
Die Töne, die das Lied umschließen
Und die als Wellen um mich fließen,
Durchrieseln milde meine Sinne
Mit Zärtlichkeit: Jahrhundertklage LIEBE. Ich beginne
Mich zu erinnern, wie man aufwärts steigt,
Um jenen Himmel zu erreichen,
Der sich nur für Sekunden zeigt
Und dessen Weltallsternenzeichen
Aufflammen, wenn der Himmel reißt …
Alles, was sonst noch Liebe heißt,
Ist nicht die Liebe, die ich will.
Doch DIESE Liebe hielt ich still,
Versteckt in mir, wenn ich Sie sah.
Was niemals zwischen uns geschah,
Geschieht nun in Verborgenheit.
Ich denk an Sie mit Zärtlichkeit,
Brech das TABU. Niemals zuvor
Habe ich das Tabu verletzt,
Das um Sie war. Doch aber jetzt …
Das irisch Singen soll mich wiegen
Ins Nichts des Schlafs. Sie aber liegen
Mir bei, sind Sie auch noch so fern …
Der Himmel birst. Aufflammt ein Stern.

Liebesersatz ist das Gedicht.
Da keiner mir mehr Kränze flicht
Aus Worten und aus Leidenschaft
Und meine eigne Liebeskraft
Ins Leere fällt, hab ich geschrieben,
Habe im GEISTE das getrieben,
Was unsre Welt zusammenhält.
In WIRKLICHKEIT war keine Wahl,
Ich kann schon lange nicht mehr wählen
Als denn im Wort: Kopf oder Zahl.
Und wenn mich auch Begierden quälen,
Ich darf nicht einmal Gunst bezeigen,
Ohne mich lächerlich zu machen.
(Zu alt. Von Leidenschaft zu schweigen.)
Doch das Gedicht kann Würde zeigen.
Es löst sich von mir ab. Und meinen schwachen
Törichten Wunsch nach Wirklichkeit
(Wirkliche Liebe soll geschehen)
Erhebt es in die IMMERZEIT.
Befreit von MIR, kann es bestehen.

Ich kann und kann es nicht begreifen:
Was hab ich Ihnen angetan?
Zwei Mal ein leichtes Wangenstreifen.
Formell. Zum Abschied. Wir sahn
Uns nur vier Mal. Bei davon drei
Ließen Sie mir Ihre schönen Hände.
Umschlossen meine. Tatens frei.
Als wenn uns Inniges verbände
Von altersher. Wir waren
Gleich miteinander so vertraut,
Als kennten wir uns schon seit Jahren.
Und wenn wir sprachen, war kein Laut
Von Mißklang mitzuhören.
Daß ich Sie liebte, schien Sie nicht zu stören.
Sie liebten mich seit langem im Gedicht.
Mich, die es schrieb, liebten Sie nicht.
Sie liebten nicht die Frau.
Ich wußte es und wußte es genau,
Es war so und gab nichts zu fragen.
Übrigens sprachen Sie es aus ...
Sie waren Gast in meinem Haus
Und litten hier nur Wohlbehagen ...
Und unser langes Nachtgespräch am Telefon ...
Nächtlich erzählten wir einander, was wir tags getan,
Das, was wir dachten, fühlten, sahn ...
»Waren Sie heiter heute? Traurig? Depression ...«
Ich war stets heiter, überfüllt von Liebe.
Ich sagte, daß ich zwanghaft schriebe,

Daß Unglück Glück sein kann für den, der schreibt,
Und daß mir diese Freude bleibt:
Sie lieben dürfen und mit Ihnen sprechen.
Das schien auf Dauer und durch nichts zu brechen,
Ein Bündnis nur aus Ur-Vertrauen.
Ich kenne mich: Sie konnten bauen
Auf mich in allem, was Sie kommen sahn
An Leben. Aber Sie? Was hab ICH Ihnen angetan?

Nicht weinen können. Was an Weinen in mir war,
Hab ich verbraucht, als mir der Sohn, der Mann
                                      wegstarben.
Hals, Herz und Seele sind von Narben
Verkrampft. In diesem gottverlassnen Jahr,
Da mich die Liebe schlug, kann ich nicht weinen.
Es drückt auf meine Brust mit Steinen
Der unerlöste Schmerz. Ich kann nicht weinen.
So werde ich nicht frei. Werd Sklavin dieser Liebe sein,
Bis es mir doch gelingt zu SCHREIN.
Es gibt kein Wort, es auszusprechen.
Nur weinen kann den Zauber brechen,
Den einer auf mich legte. Fluch dem EINEN!
Ich aber kann und kann nicht weinen.

Vollkommne Unabhängigkeit.
Von keinem Menschen häng ich ab.
An dem ich hing, der liegt in seinem Grab
Am Hang da oben nun schon lange Zeit.
Er hat mich NACKT zurückgelassen,
Auf einem EILAND ausgesetzt,
Inmitten toten Meeres. Wassermassen
Umschließen mich. Und Ungeheuer haben mich verletzt.
Das spielt sich unter aller Augen ab,
Doch alle sehn: Ein ganz normales Leben,
Mich meinen Pflichten hingegeben
Und wachen über seinem Grab.
Und keiner fragt, es fragt nicht einer,
Was das bedeutet: EINSAM sein.
Und helfen kann mir ja auch keiner.
Ich häng von keinem ab. Ich bin ALLEIN.

Noch immer SEH ich Sie. Ich sehe Sie noch immer:
Sie sitzen mit mir in dem Zimmer,
In dem ich schlafe, wache, lese, schreibe,
In dem ich ICH bin, wenn ich denn alleine bleibe,
In das nur, die mir angehören, kamen,
Und zwei, drei auserwählte Namen
Von Freunden könnt ich nennen, die in zwanzig Jahren
Mit mir in diesem Zimmer waren …
Ich nahm Sie mit hinein.
Wollte mit Ihnen SEIN.
Sie haben auf dem Platz gesessen,
Auf dem mein Mann einst saß. Ich wollte ihn vergessen.
Es war ein Sakrileg. Und doch empfand ich Frieden.
Und große Freude wurde mir beschieden,
Als wir in meiner Welt zusammen waren …
Sie heiligten den Raum. FETISCHISIERTEN ihn.
Es war der Tag, an dem MIR alles möglich schien.
Woran wohl werd ich mich erinnern noch nach Jahren,
Wenn ich längst Ihr Gesicht vergaß?
Damals, als er hier bei mir saß,
Trug er ein Hemd, und das war grün.

Wieviele schweifende Lieben –
Wieviele Gier nach Ergänzung schweift
Suchend umher. Schwer
Findet eine die andre. Als trieben
Auf einem nächtlichen Meer,
Von fremden Sternenwelten gestreift,
Menschen, geklammert an Planken, einher,
Schiffbrüchig, Meilen und Meilen getrennt …
Eh einer sich dem andern bekennt,
Nichts als den Sternraum über sich,
Der andre stammelt: ja, auch ich
Und greift nach der gereckten Hand,
Versinkt, das nahe war, das Land.

Liebe gesucht. Nein, nein, ich hab sie nicht gesucht.
Sie hat mich lächelnd überfallen ...
Es war ein Tag von diesen Tagen allen,
Die man als abgelebt verbucht
Am Abend. Doch bevor es dazu kam,
Ehe die Nacht mich zu sich nahm,
Sind Sie mir in den Weg getreten ...
Hätt ich geahnt: jetzt hilft nur beten
Und fliehn, ich hätts getan.
Sie, der Sie lächelnd niedersahn
Auf mich, sprachen zuerst zu mir, nicht ich zu Ihnen.
Die, der Sie so ergeben schienen,
Kannten SIE schon seit vielen Jahren.
Ein NIEMAND waren Sie für mich.
Sie sagten, Sie wärn weit gefahren,
Um mich zu sehn ... Ich
War von diesem Satz gerührt.
Und Wärme hatte ich gespürt.
Auf einmal war es wieder LEBEN.
Ich hab die Liebe nicht gesucht. Ich hab mich ihr ergeben.

Die Liebe läßt sich nicht BEENDEN ...
Daß ich Ihr Bild heraufbeschwöre,
Hilft mir Musik, die ich nachts höre,
Sie hilft, mich um und umzuwenden,
Bis Sie mir als Gestalt erscheinen,
Lebendig, lächelnd und bewegt.
Und nun bin ICH es, die Sie meinen ...
Die Liebe hat sich nicht gelegt.
Ich warte, warte auf ein Wunder,
Das Sie mir doch noch wiederbringt ...
So wartend werde ich zu ZUNDER
Und warte, daß der Funke SPRINGT.

Erlöst. Noch immer nicht erlöst.
Fixiert noch immer. Immer noch fixiert.
Noch immer in der OBSESSION.
Klinisch betrachtet nur ein FALL,
Den man vergebens therapiert:
Das ICH, befeindet aus dem ALL.
MAN will, daß einer das verliert,
Was er niemals besaß. Daß man IHN schon,
Schien ihm Gesetz. Und eingeschrieben
Ins Buch des Glücks glaubte er SICH. Begann zu lieben,
Wo keine Liebe war. Von seinem Fehlgefühl verwirrt,
Findet er aus dem Dickicht nicht heraus…
Eher entzündet er sein Haus,
Als daß er sagt: hab mich geirrt
Und bin bereit, es zuzugeben…
Erlöst sein will er nicht. In DIESER Liebe will er LEBEN.

Mein Leben geht so sehr dahin
Von Tag zu Tag, von Nacht zu Nacht.
Keiner beweist mir, daß ich bin,
Kein Mensch mehr, der mich da-sein macht.

Mein Leben ist nur noch Legende.
Es war und ist Vergangenheit.
Wohin ich mich auch suchend wende,
Keiner wendet für mich die Zeit.

Ich wähle Ihr schweigendes Telefon an
Jede Nacht. Ich kann nicht widerstehn.
Werd ich Sie auch nicht wiedersehn,
Möglich, daß ich Sie hören kann …
Ich hatte mir eine Frist gesetzt:
Vier Wochen keinen Versuch zu wagen.
Die Frist ist vorüber, und jetzt,
In den vergangnen drei Tagen,
Habe ich jagenden Herzens gewählt,
Zitternd die Ziffern heruntergezählt
Von jenem Blatt, auf das ich sie schrieb,
Nach Ihrem Diktat, in der ersten Nacht
Unsres ersten Gesprächs, das mir so im Gedächtnis blieb,
Als wär es aus bleiernen Lettern gemacht.
Sie meldeten sich: »Der SCHÖNE MANN
VON J.« – so wars, es begann
Mit Freude. Ich weiß nicht, wo Sie jetzt sind,
Wohin gefahren, geflogen. Und welcher Wind
Wird Sie wann wieder heimwärts wehen …
Ich weiß nur: ich werde nicht widerstehen:
Auch morgen rufe ich Sie an.

Liebe – welch eine furchtbare Kraft.
Zerstörerisch, wenn sie eingesperrt bleibt,
Wenn sie den Sprung hinüber nicht schafft,
Hinüber zu jenem, zu dem es uns treibt.
Er fängt sie nicht auf, er nimmt sie nicht an.
Sie, die sich nicht befreien kann,
Wütet in uns und gegen
Uns als die Schuldigen an.
Warum können WIR keine Liebe erregen?
Wären wir so, wie WIR selber uns sehn,
Könnte die Schande an uns nicht geschehn.
Wir würden geliebt, wären wir es nur wert.
So sind wir mit unserem Unwert beschwert
Und schleppen an der verzweifelten Last
Einer Liebe, die liebt und sich selbst dabei haßt.

Ich möchte die einfachen Worte sagen
Noch einmal zu einem. Doch er müßte mich
Nach diesen einfachen Worten fragen.
Die einfachen Worte. Wie sehr wollte ich

Sie einem Vertrauten vertrauensvoll sagen
Und wissen dabei: es ergriff nicht nur mich.
Und brauchte ihn nicht um Antwort zu fragen.
Er sagte einfach: Ja, ich dich.

JETZT habe ich Sie FALLENLASSEN …
Nach diesem Gespräch: so fremd, so banal.
Worte, die nichts als LEERE umfassen.
Und SIE warn monatelang meine Qual,
Ich hätte STERBEN können an Ihnen …
Sie waren niemals, der Sie mir schienen.
Ich habe Sie für mich erfunden,
Aus Ihnen ein PHANTOM gemacht …
Der Schmerz ist längst noch nicht verwunden …
Doch vielleicht SCHLAFE ich heut nacht.

Nur diese Hoffnung ohne Grund,
Die ohne jede Hoffnung ist,
Sich eines Tages zu erfüllen
(Ich rede, um sie zu verhüllen,
Mit Spott und List.
Schwiege ich, könnte meinem Mund
Entkommen das Verzweiflungsbrüllen),
Nur diese Hoffnung hält mein Leben
Noch über jenem Abgrund fest,
In den michs zieht hinaufzuschweben.
Es ist nur noch ein Hoffnungsrest.
Finde ich keine Liebe mehr,
Und wie wohl sollte es geschehen,
Werde ich ganz zum Grunde gehen.
DAHIN zu gehen ist nicht schwer.

Es wurde mir doch Sprache gegeben,
Mich auszusprechen über mein Leben ...
Warum verlangt es mich dann nach dem stummen Blick,
Nach der Körpersprache der Tiere,
Warum giere
Ich nach der Berührung von Haut und Haut ...
Warum genügt der Laut
Der Sprache nicht meinen Sinnen,
Freiheit und Gleichmaß zurückzugewinnen ...
Kann es sein, daß Geist, der in Sprache wohnt,
Am Ende das Leben nicht löst und nicht lohnt?
Kann es sein, daß Weisheit in Stummheit liegt,
Mit der sich eines im anderen wiegt?
Die Spanne zwischen Ja und Nein
Ist die von Nichtsein und von Sein.
Das Siegel ist nicht aufzubrechen.
Das Lösungswort nicht auszusprechen.

Die stumme Sprache Haut zu Haut
Ist uns seit Urzeiten vertraut.

Erst wenn Musik nach Mitternacht
Den Traueranker losgemacht
Und sie kann schwimmen frei in mir,
Finde ich meinen Seelenfrieden.
Am Tage habe ich vermieden,
An meinen Gram nur hinzudenken,
Habe versucht, mich abzulenken
Mit allerlei Geschäftigkeit.
Wie fern ist schon die kurze Zeit
Des Glücks. Doch diese Trauer
Ankert in mir nun auf die Dauer,
Um nachts ihr Durstmeer zu durchschwimmen …
Von Bord der Trauer hör ich Stimmen,
Von Wehmut und von Schmerz erfüllt,
Von Wehmut über was war Leben.
Schon fast, doch noch nicht ganz ergeben …

Segel, von schwarzem Flor verhüllt.

Unfähig, etwas vernünftig zu tun.
Mein Leben ein Wust und Dunst aus Gefühlen,
Die ich mich mühe herunterzukühlen,
Um wieder IN MIR SELBER ZU RUHN –
(All diese Weisheit der Psychologen,
Mit der sie die kranken Seelen entwirren) –
Und ich, warum mußte ICH mich so irren
Und wurde um meine Liebe betrogen,
Mein Gut, mein einziger hoher Besitz,
Den ich besaß und der mich besessen …
Warum traf gerade mich dieser BLITZ
Und wurde als Versehrte vergessen,
Zurückgelassen ohne Aussicht auf Rettung,
(Ich bin verbrannt, nichts wird mich lindern)
Ich kann mir wohl sagen: Schicksalsverkettung,
Ich stand eben da, es war nicht zu hindern,
Ich war so was wie der einzelne Baum
Auf freiem Felde, es schlägt in ihn ein …
Um MICH war so eine Leere von Raum,
Da mußte ich die Ableitung sein
Der Kraft, die ein einziger Augen-Blick
Eines einzigen Menschen in mich schlug
(Und war nicht Liebe, war Sinnenbetrug) …
So sehr ich um Vernünftigkeit ringe
Und analysiere mir meine Lage –
Wenn die Vernunft den Grund der Dinge
Erkennt, verwerfe ich sie vernunftlos und KLAGE.

EINST dacht ich, ich könnte nicht leben ohne SIE
Und die FREUDE.
Jetzt kann ich ohne die Trauer nicht leben.
Sie ist meine Wahrheit. Wie
Könnte ich mich an andres vergeben.
An Lesen, Schreiben, Hören, Sehn ...
Mag alles an mir vorübergehn.
Ich warte nur auf den Ruf der Trauer
Zu meiner nächtlichen Klagemauer.
Ich knie stehend, ich hebe mich an,
Ich traure aufrecht um DEN MANN,
Bis ich erstarre oder erbebe.
Kann sein, ich sterbe, kann sein, ich lebe,
Lebe und sterbe in eins und auf Dauer.

Ich kann nicht leben ohne die Trauer.

Wärs mir nicht leid, all das zu verlassen,
Die liebe Erde, das Blühn um mich her,
Die Rose BELLE ISIS, die grade erst Fuß zu fassen
Begann? Wär es nicht schwer,
Von allem davon und zugrundezugehen?
Ich kann das Leben nicht mehr verstehen,
Denn alle Bedeutungsworte sind leer …
Ich lebe nur noch von Selbstbetrug
Und in geheimen Gedankenverbrechen.
Ich sage mir nächtlich: genug ist genug,
Ich habe kein Recht mehr, von mir zu sprechen:
Wenn man das Leben nicht mehr versteht,
Wenn die Rose BELLE ISIS kein Wunder mehr ist,
Wenn man nur weiß, daß alles vergeht,
(Und wenn DU gehst, dich keiner vermißt.)
Doch achte ich auf die kleine Rose,
Die mir im Mai eine Duftahnung gab,
Zwei Blüten, bläulichsanft ahnungslose.
Die Rose blüht einst an meinem Grab.

Noch immer bin ich an Sie gekettet.
Ein Ruf – und meine Ruhe ist hin.
Vor Tagen noch hätte ich alles verwettet,
Daß ich mit allem am Ende bin.
Ich bins nicht. Mein Wohl und mein Wehe
Sind Sie noch immer. Ich möchte flehn:
Kommen Sie, kommen Sie her. Ich vergehe
Vor Sehnsucht nach Ihnen. Ich MUSS Sie sehn ...
Natürlich tue ich nicht dergleichen.
Ich achte Ihr Schweigen, schweige zurück.
Gäben Sie nur das kleinste Zeichen,
Daß Sie an mich denken, ich wäre im GLÜCK.
Dabei weiß ich, daß Sie nicht dran denken,
An mich zu denken. Sie sind OKKUPIERT,
Es ist Ihnen just eben das passiert,
Was mir mit Ihnen. Sie sind besetzt,
Besessen von Ihrer neuesten Liebe.
Sie sagen, daß keine ZEIT für mich bliebe ...
Als wär ich nicht so schon genügend verletzt.

Ehe ich schlafe, beschwöre ich Sie.
Stunden im Dunkel verbring ich mit Ihnen ...
Merkwürdig nur, noch niemals, noch nie
Sind Sie in meinen Träumen erschienen.
Ich träume, WENN, nur von meinem Mann,
Verwickelt in wilde Eifersuchtsdramen,
Mein Herz schmerzt, ich schreie, ich greife ihn an,
Befluche ihn mit den schändlichsten Namen.
Er übersieht mich, er hat eine andre bei sich,
Eine Jüngere immer, viel jünger als ich,
(Ein dummes Ding, glaubt an Lügengeschichten.)
Sie hat sich zwischen uns eingenistet.
Ich berste vor Rachsucht, ich will ihn vernichten
Und weine dabei, weil ich weiß, befristet
Ist unsere Zeit, wir sind nicht zu retten ...
Seltsam, wie Leben und Traum sich verketten ...
Was ich jetzt fühle, kann nur als ein Schaum
Über dem, was ich WIRKLICH gefühlt habe, schweben ...

Sonst kämen doch SIE wohl in meinen Traum,
Um sich mir wenigstens so zu ergeben.

Seelisch ermattet. Septemberbeginn.
Libellen flirren im silbrigen Licht:
Metallisches Blau. Der Sommer geht hin.
Die Sonne bescheint mein Altersgesicht.
Nach dem verunglückten Aufschwung zu lieben,
Als wäre ich jung, ist mir geblieben,
Die letzte Wärme des Jahres zu spüren
Und seelisch ermattet, nicht mehr zu rühren
An meinen Schmerz, vielleicht schläft er ein
Und wacht nie mehr auf, um mir Wehtat zu sein.

Die Stimme

Mein einziger TROST ist die Musik.
Immer dieselbe Musik. Jede Nacht.
Eine Stimme, die mich FAST weinen macht.
Eine weibliche Stimme, silbern und sacht,
Als sänge meine unglückliche Seele
Sehnend von jenem, dem ich nicht fehle …
Die Stimme singt irisch von einem Mann,
Den sie in Liebe umfangen kann.
»I lay my face on my lovers breast …«
Argloser Schlaf. Sie hält ihn fest
In ihren Armen und hütet ihn,
Bis daß die Morgennebel aufziehn.
»Your voice so clear«, deine Stimme so klar,
»So come here«, so komm, und alles wird wahr.
»Ich leg mein Gesicht auf des Liebsten Brust«,
Auch ich tat es einst und habe GEWUSST,
Daß es das größte, das EINZIGE ist,
Das NUR geschenkt wird und das man vermißt
Mit dem Phantomschmerz des NEVERMORE …
Die irische Stimme weiß, was ich verlor.
Und darum ist sie mein Trost jede Nacht.
Die Stimme, die mich FAST weinen macht.

Die Zerreißprobe bestehe ich Tag für Tag.
Sie beginnt gegen acht mit dem Abendschlag.
Ich ringe mit der leeren Zeit.
Verwerfe jede Tätigkeit.
Mein lebenslanges Elixier,
Die Bücher, sind nur noch Papier.
Ich hab dem GEISTE abgesagt
Und bin nur SEELE, bis es tagt,
Und die besitzt den bloßen LEIB …
Der Geist, mein starker Zeitvertreib
Aus all den vorvergangnen Jahren,
Muß seine Ohnmacht stumm erfahren.
Er darf nicht einmal Richter sein
Bei jenem Ringen zwischen zwein,
Die aufständisch im Widerstreit
Liegen mit der zerdehnten Zeit.
Alles geschieht in Dunkelheit,
Das Ringen, Stürzen, Auferstehn,
Schließlich das Ende der Verneinung.

Am Tag ist davon nichts zu sehn.
Ich bin die übliche Erscheinung.

Wo nehm ich einen AUFTRIEB her,
Woher die Kraft, mich anzuheben
Aus dieser Trauer dumpf und schwer.
Die Liebestäuschung ließ mich schweben
Halb den April und ganz den Mai.
Schon Anfang Juni war sie vorbei.
Ich hielt sie schreibend bei Atem und Leben
Den Juni, den Juli, bis Ende August.
Doch nun ist September. Die künstliche Lust
Ist in sich erschlafft. Von Herbstzeitfallen
Aus Schwermut bin ich kalt umstellt.
Verlassenheit will ich nicht lallen.
Doch was verführt mich in die WELT?
Es könnte wieder nur Liebe sein.
Und neue Liebe wird nicht kommen.
Wann endlich willige ich ein
Und hab mein Leben angenommen
Als Leben in Vergangenheit
Und sehne keine Zukunft mehr …
Schon heut zu sagen: meine Zeit,
Ich hatte sie, fällt mir noch schwer,
Nein, ist unmöglich, wäre Lüge.
Ich glaube einfach nicht daran,
Was hilft es, wenn ich MICH betrüge.
Woher kommt AUFTRIEB, hebt mich an?

Gottlos zu leben, ist bitterlich.
Ich misse meinen Kindergott.
Zwar war er mir niemals zu Hohn oder Spott.
Ich verlor ihn einfach aus meinem Leben
Und sagte mit blankem Bewußtsein: Ich
Brauche ihn nicht, mich aufzuheben
Aus dem Staube, wenn ich denn stürzen sollte ...
Ich KANN nicht glauben, wenn ich selbst wollte.
So hab ich keinen, ihn anzuflehen,
Er lasse ein Wunder an mir geschehen,
Erlöse mich aus der Einsamkeit ...

Wo wohnt der Gott meiner Kinderzeit?

Nicht denken dran. Nicht in das Wort erheben:
Armseligkeit. Bei all der Fülle um mich her
Ist doch MEIN Leben LOST und leer.
Weil neben
Mir keiner atmet. SPLENDID ISOLATION:
Blendende Einsamkeit. Zwei gelbe Falter
Vertiefen das tief dunkle Blau
Der Salvien. Also DAS ist ALTER:
Nur Mensch sein. Nicht mehr, Mann und Frau,
Gepolt Bewegung zu erzeugen.
Ganz ruhig. Auf die Dinge sehn.
Und sich der ALLMACHT Zeit zu beugen …
Sie wird ja sowieso vergehn.

Die Restbestände meines Lebens:
Septemberabend. Kalt. In meinem Winterwatteflaus
Sitze ich an der Westwand vor dem Haus,
Genau der Sonne gegenüber,
Die sinkend hinterm Waldrand gleißt,
Weiß glühend, daß der Blick zerreißt,
(Lichtringe violett gespleißt).
Der Tag verging in trüber
Gräue. Jetzt der Abend
Ist hell und hoch und transparent.
Drei Schwalben segeln Licht erlabend
Aus dem Zenit ans Firmament,
Kurz vor dem Herbstflug. So vergebens
Wie Hoffnung auf die Sommerdauer
Ist die aufs Ende meiner Trauer,
Auf ihren Trümmern muß ich leben …
Manchmal hilft es, den Blick zu heben
Und selbst der BLENDUNG standzuhalten:
Ich halte stand. An diesem kalten
Septemberabend. Ich – allein.
Der REST ist: einfach DAZUSEIN.

Daß ich in diesem hellen Jahr
So sehr, so hoch erhoben war,
So sehr im Glück! Aus Seelengeiz
Hielt ich es still für mich verschwiegen.
Nicht der Versuchung zu erliegen
Es auszusprechen, war ein Reiz
Noch über den besonnten Tagen.
Kein einer sollte mir mit Fragen
Mein Glück verkümmern: Wer und wann,
Und wo hast Du den Mann getroffen?
Für MICH warn alle Wege offen.
Und alles fing von neuem an ...
Ich wollte keine Zweifel hören
Und wollte keine Blicke sehn,
Die sagten: du läßt dich betören
Von DIESEM Mann? Nicht zu verstehn ...
Die Liebe habe ich verschwiegen,
Nun muß ich auch alleine trauern.
Geschlagen muß ich unterliegen.
Aber ich will auch kein Bedauern,
Kein Trostwort. Daß ich dieses Jahr
So hell, so hoch erhoben war,
So sehr im Glück, das weiß nur einer,
Außer DEM EINEN weiß es keiner.
Und dieser EINE ist nicht hier ...
So weiß es keiner außer mir.

ISBN 3-351-02388-X

1. Auflage 1997
© Aufbau-Verlag GmbH, Berlin 1997
Gesamtgestaltung Heinz Hellmis, Hennigsdorf
Satz Dörlemann Satz, Lemförde
Schrift Today Sans Serif
Druck und Binden Kösel GmbH, Kempten
Printed in Germany